AF586356

RAPPORT SUR LE CONCOURS

POUR LE

PRIX CHRISTIN ET DE RUOLZ

LU A L'ACADÉMIE DES SCIENCES, BELLES-LETTRES ET ARTS DE LYON

Dans la séance publique de juillet 1880

PAR

M. NEYRAT

La Commission était composée de MM. Loir, Delocre, Reignier, Teissier, Neyrat, *rapporteur*.

Messieurs,

Le prix Christin a été institué en 1750, il parcourt donc à l'heure présente son troisième demi-siècle. Supprimé, comme l'Académie elle-même, par la Révolution, il fut généreusement rétabli, en 1818, par M. le marquis de Ruolz, héritier de Christin.

D'après les termes de la fondation, ce prix doit être donné au meilleur travail offert à l'Académie sur les mathématiques, la physique ou les arts. Les propositions faites infructueusement par votre Commission sur des questions de mathématiques ou de physique, — car, en cinquante ans, le prix n'a pu être décerné qu'un petit nombre de fois, — la place que la musique occupe à notre époque dans la vie sociale, le fait qu'aucune

autre des récompenses données par l'Académie ne peut venir encourager cet art devenu populaire, la réputation artistique enfin de la famille de Ruolz, dont un des membres a été un compositeur de mérite, tout cela a engagé, cette année, votre Commission à choisir un sujet de concours dans l'art musical. Par là aucune branche, dans les sciences comme dans les arts, n'est privée des encouragements de l'Académie de Lyon. En effet, « le prix Dupasquier est réservé à l'architecture, la pein-« ture, la sculpture, la gravure. Le prix Lebrun est affecté « aux inventions utiles aux manufactures lyonnaises. Le prix « Ampère est décerné, tous les trois ans, à un jeune homme, « pour lui permettre de continuer ses études dans les lettres, « les sciences ou les beaux-arts. Enfin, le prix Herpin, le der-« nier venu, est accordé, tous les quatre ans, aux auteurs de « recherches ou travaux scientifiques, particulièrement physico-chimiques (1) ». Le prix Christin et de Ruolz appelle les musiciens à votre attention éclairée.

Le succès vient de couronner cette tentative. Le sujet fixé pour le concours, au commencement de juin 1879, était celui-ci : « *Étude sur le rôle de la Mélodie, de l'Harmonie et du* « *Rhythme dans la musique en Europe, depuis le Moyen-Age* » *jusqu'à l'époque actuelle.* » Le prix à décerner était une médaille d'or de la valeur de neuf cents francs.

Trois concurrents ont répondu à l'appel de l'Académie et lui ont envoyé leur travail avant le 31 mars, terme de rigueur. Cette réponse multiple ne doit-elle pas être pour vous, Messieurs, une preuve que les questions musicales intéressent le public et que la nouvelle classe d'artistes appelée à profiter des encouragements de votre Compagnie est digne de votre intérêt ?

La Commission du prix Christin et de Ruolz a été unanime

(1) Rapport présenté à l'Académie des sciences, belles-lettres et arts de Lyon, le 3 juin 1879.

à déclarer que, sur les trois travaux, il en était un qui méritait la récompense promise. Après quelques mots sur les deux autres, nous allons vous parler de cette remarquable étude.

Nous ne nous attarderons pas sur le mémoire qui porte, pour épigraphe, ces mots : « *L'Harmonie est la loi des êtres* ». L'auteur serait étonné de nous voir mettre à son œuvre une importance qu'il n'y a point mise lui-même. Il n'y a là que huit pages hâtives, renfermant quelques considérations générales sur la musique, qui apportent peu de lumière dans la question et ne brillent pas toutes par l'exactitude.

Le travail suivant porte, pour devise, ces mots : « *La Musi-* « *que doit prendre rang à la tête des beaux-arts, car c'est celui* « *de tous qui fait le plus pour le bonheur de l'humanité* ». C'est une œuvre d'une certaine importance, élaborée par un littérateur dont l'esprit est meublé de nombreuses connaissances musicales; connaissances, il faut le dire, plutôt étendues que profondes. L'énoncé de la question lui est resté assez fidèlement devant les yeux; mais il l'élargit un peu trop en cherchant quel a été, dans l'histoire artistique des nations, le rôle des trois éléments qui concourent à la musique.

Toutefois le reproche principal que l'on peut adresser à l'auteur de ce mémoire, c'est de n'avoir pas mis un ordre assez clair dans son ouvrage et de rendre parfois des sentences un peu dures et exagérées sur quelques-uns des grands maîtres. Au sujet de Glück, par exemple, il épouse, dans une querelle célèbre, le parti d'un théoricien de talent, J.-J. Rousseau, contre un des plus grands génies qui ont fait progresser la musique. Vous pourrez en juger par les lignes suivantes que j'extrais de son travail, page 17.

« Voici le système de Glück, tel qu'il nous le livre dans la préface de son *Alceste* : « Je chercherai, dit Glück, à réduire la « musique à sa véritable fonction, celle de seconder la poésie « pour fortifier l'expression des sentiments et l'intérêt des

« situations, sans interrompre l'action ni la refroidir par des « ornements superflus. » « Aussi ne fait-il qu'étendre sur les paroles un léger coloris de sonorité. A ces raisonnements théoriques, Rousseau répondait au nom de tous : « Le plaisir de « l'oreille doit l'emporter sur la vérité de l'expression, car la « musique ne saurait aller au cœur que par le charme de la « mélodie. » « Glück s'égarait en faisant ainsi de la musique une humble servante de la poésie, et Rousseau établit ici admirablement la distinction : « L'accent oral, dit-il, a sans doute « une grande force, mais c'est seulement dans la déclamation ; « cette force est indépendante de toute musique, et avec cet « accent seul on peut faire entendre une bonne tragédie, et « non un bon opéra; sitôt que la musique s'en mêle, il faut « qu'elle s'arme de tous ses charmes pour subjuguer le cœur « par l'oreille. Il faut varier dans un drame l'application de la « musique ». « Oui, ajoute l'auteur du mémoire, la musique de Glück se montre trop esclave; elle n'est plus le produit direct de l'inspiration, elle s'encombre de formules; le musicien met des appoggiatures aux rimes masculines et féminines, et la science vient trop au secours de l'inspiration qui fait défaut. A cette époque, les rapports que devaient avoir la musique et la poésie étaient mal déterminés; ce ne fut qu'à l'avènement de la musique instrumentale que se fit l'émancipation de la musique. »

L'auteur est aussi très-sévère pour notre école française actuelle, injuste même, et il immole, de gaîté de cœur, et Gounod et Ambroise Thomas à l'*Aïda* et au *Requiem* de Verdi, qui, pour lui, sont l'idéal de la pondération entre la mélodie, l'harmonie et le rhythme.

Mais, quoique ce travail soit plutôt l'œuvre d'un littérateur que celle d'un musicien, il suppose de nombreuses lectures, des recherches variées, et il mérite de fixer l'attention de l'Académie.

On ne peut cependant le comparer au mémoire qui a pour épigraphe cette phrase de Mendelssohn : « *L'essence du beau est l'unité dans la variété.* » Celui-ci est toute une histoire raisonnée de la musique en France, en Italie et en Allemagne, depuis le Moyen-Age, histoire renfermée en deux forts cahiers comprenant, l'un le texte, l'autre un choix d'exemples tirés des anciens auteurs.

L'écrivain indique d'abord comment il a divisé le résultat de ses recherches et quel est l'ordre de son travail.

« Pour plus de clarté, dit-il, nous avons divisé notre travail en deux grandes périodes : la première s'étend du IXe au XVIe siècle, et la deuxième du XVIe siècle jusqu'à nos jours. Ces deux divisions principales ont reçu plusieurs subdivisions qui seront comme autant d'étapes à travers le long voyage que nous entreprenons.

« La première période comprend trois époques. La première de ces époques (IXe à XIIIe siècle) nous montre l'harmonie cherchant à se débarrasser de ses langes dans les premiers essais de musique religieuse, et nous découvre le germe du rhythme et de la mélodie dans les chansons des ménestrels.

« La deuxième époque (XIVe siècle) fait surtout entrevoir les progrès rapides de l'harmonie sous Dufay, Egide Binchois et Jean Dunstaple. Les œuvres de ce dernier musicien font déjà pressentir l'éclosion du rhythme régulier.

« Dans la troisième époque (XVe siècle), il est question de l'école fondée par Ockeghem, cet inventeur de plusieurs espèces de canons ; il est dit quelques mots cependant de la mélodie et du rhythme qu'on trouve dans les chansons badines; toutefois, la véritable mélodie rhythmée n'est pas encore née.

« La seconde période comprend également trois époques.

« Dans la première (XVIe à XVIIIe siècle), on voit l'essor de l'harmonie sous l'impulsion de la dissonnance naturelle, la création du rhythme régulier, l'épanouissement de la mélodie pure et la transformation apportée à l'opéra par Glück.

« Dans la deuxième époque (XVIIIe siècle), le rhythme, l'harmonie et la mélodie arrivent à leur plus haut degré de perfectionnement au temps de Mozart.

« La troisième époque n'est autre chose que le tableau des efforts tentés par les compositeurs modernes à la recherche d'une voie nouvelle, efforts dont le premier résultat est d'étouffer la mélodie par le développement abusif du rhythme et de l'harmonie. »

Il est intéressant de suivre l'auteur dans sa marche à travers les siècles, de voir tout d'abord les efforts tentés pour créer l'harmonie et l'amener de la barbarie, c'est-à-dire de la diaphonie en quintes ou en quartes successives, seule science musicale au Xe siècle, aux fugues de Sébastien Bach, aux symphonies de Beethoven et aux opéras de Meyerbeer. Il est intéressant aussi de suivre les progrès de la mélodie qui, des chants des troubadours, des trouvères et des minnesinger, arrivent peu à peu à la phrase rossinienne, aux lieder de Mendelssohn et aux créations de Gounod.

Nous ne pouvons donner une analyse détaillée d'un ouvrage qui, malgré son étendue, ne peut être lui-même qu'une analyse assez succincte ; il nous semble plus attrayant de faire passer sous vos yeux, Messieurs, un ou deux des tableaux qui sont le mieux développés dans ce mémoire. Voici d'abord une première étude sur la fugue et son grand maître Sébastien Bach.

Après avoir montré que le choral, imposé par le talent et l'autorité de Luther à toutes les réunions du culte dans l'Allemagne du Nord, chanté par toutes les voix le plus souvent à l'unisson, accompagné seulement par un organiste, obligeait ce dernier à déployer, dans son accompagnement, les artifices du contrepoint, l'imitation, etc., il continue ainsi :

« Nous avons dit que l'imitation est la pierre fondamentale du contrepoint, car c'est en elle qu'un discours musical puise l'unité de fond et la reproduction de dessins qui donnent un commencement, un milieu et une fin à chaque morceau. Cette manière d'argumenter s'appelle plus spécialement *fugue*. La fugue est, en musique, ce que le raisonnement complet est à l'esprit humain ; c'est le syllogisme avec sa majeure qu'on nomme sujet, sa mineure ou réponse du sujet, et la conclusion où les idées précédemment entendues sont rappelées dans une vigoureuse *stretta*. Les contrepointistes, en créant la fugue, ont donc appliqué au discours musical les lois du raisonnement, comme Aristote l'a fait en philosophie, en signalant les lois du syllogisme qui existaient d'une manière latente au fond de la raison.

« La fugue étant le modèle de la logique musicale, il n'est pas étonnant que l'esprit allemand, naturellement porté à toutes les questions qui touchent de près ou de loin à la métaphysique, se soit adonné à cette forme musicale et l'ait poussée aux dernières limites de la perfection humaine. Mais, si la fugue est un moule à argumentation, elle ne peut être une source féconde de mélodie pure, cette essence de la vraie poésie. En effet, le motif principal ou sujet ne pouvant dépasser huit mesures, et toutes les périodes qui le suivent devant être tirées de son sein ou des contre-sujets présentés dans l'exposition, il est bien difficile, avec de si maigres matériaux, de construire un édifice qui unisse la grâce à la pureté des lignes. Il n'est donc pas étonnant de voir l'Italie, dont l'esprit est naturellement porté vers tout ce qui charme les sens, abandonner à l'Allemagne le monopole de la fugue et se complaire dans les émotions sensuelles que lui procure l'opéra. »

Et le nom de Bach se trouve presque aussitôt sous la plume de notre auteur.

« Nous venons de prononcer un nom qui s'attache à des œuvres impérissables, car aujourd'hui même, au milieu du désordre d'idées de l'école moderne, de l'effondrement des réputations qu'on croyait les mieux assises, la grande figure de Bach s'élève plus majestueuse et plus rayonnante que jamais. Elle illumine de ses regards le fond de l'âme du musicien qui veut donner à ses productions une base solide, et non construire sur le terrain mobile que le souffle de la mode emporte si facilement. La mélodie, le rhythme et l'harmonie, ces deux derniers éléments surtout, sont portés au plus haut degré dans les œuvres de ce grand génie.

« Travaillant sans relâche et cultivant tous les genres : motets, messes, oratorios, gigues, gavottes, courantes, etc., etc., et écrivant dans ce style serré que l'école gallo-belge avait importé en Allemagne, Bach avait acquis, vers l'âge mûr, une telle habileté dans l'art du contrepoint, qu'il entrevoyait immédiatement tous les développements à tirer d'un motif.

« Quelques écrivains ont oser lui nier l'idée mélodique, esprits aveugles trop attachés au charme de l'oreille, qui n'ont pas vu que pour lui la mélodie est une reine ornée des plus beaux atours, recouverte des plus riches ornements, entourée d'un brillant cortège, au milieu duquel il faut savoir la distinguer, la reconnaître ! En effet, la mélodie abonde et déborde dans tous ses ouvrages ; c'est à elle qu'il doit cette liaison des parties, cette coordination de longues périodes, cet esprit de suite, cette limpidité qui ferait croire que sa plume court tout d'un trait sur des pages entières.

« Le souffle puissant qui anime ses œuvres est tellement saisissant que nous avons vu des personnes peu musiciennes, mais d'un esprit cultivé, reconnaître un grand maître en entendant un andante de Bach ou une de ses fugues bien exécutée. C'est surtout dans ses pièces d'orgue que Bach fait éclater son génie. Il laisse loin derrière lui les productions de Frohberger, de Kerl, Pachelbel, Fischer, Strünck, Büxtehüde, Reinke, Brühn, etc., etc. Pour lui, toute composition musicale est une conversation dans laquelle chaque partie a un rôle équivalent.

. . . .

« Génie immortel, tu es bien digne de toute notre admiration, puisque Mozart t'a accordé la sienne ! Si tu n'as pas, comme lui, ce charme particulier qu'il doit à son tempérament latino-germain, c'est que, fier du pays qui t'a vu naître, tu es demeuré fidèle à ta nation, c'est que tu as travaillé dans l'ombre et le silence, loin du monde élégant des théâtres, faisant de l'art pour l'art, sans jamais spéculer sur ton talent, cultivant le terrain fécond du choral, cherchant enfin, dans le sein de la Providence, l'inspiration ardente qui devait soutenir ton génie et te donner aussi le courage d'élever une famille de vingt enfants. Pour lever tout doute possible sur l'existence de l'idée mélodique dans l'œuvre de Bach, nous dirons qu'il porta si loin la perfection de la mélodie savante que, dans six *soli* pour le violon et dans six autres pour le violoncelle, il sut trouver des motifs qui peuvent se passer de tout accompagnement, c'est-à-dire qui renferment à eux seuls toute l'harmonie nécessaire à leur complète intelligence et ne réclament aucunement le secours d'une autre partie concertante pour être caractérisés. Ce sont surtout ces œuvres-là qui seront toujours jeunes, parce qu'elles ne s'inspirent pas de la mode et qu'elles puisent dans l'art même des ressources suffisantes pour vivre éternellement. »

Citons encore cette page écrite sur Mozart, le maître des maîtres :

« Le style de Mozart est une merveilleuse pondération entre la mélodie et l'harmonie savante ; quel que soit le genre qu'il traite, jamais l'une n'absorbe l'autre ; elles se prêtent, au contraire, un mutuel appui, au grand avantage de la clarté, de la grâce et de la noblesse de la phrase. Parmi ses compositions religieuses, citons son *Ave verum*, cette page divine qu'il écrivit dans les Alpes, un jour que son âme délicate était en extase devant la grandeur de Dieu. Y a-t-il au monde une mélodie plus tendre, soutenue par une harmonie plus riche et plus noble ? La modulation placée sous les mots « *cujus latus* » n'est-elle pas l'expression la plus suave de l'aspiration du cœur humain vers les sphères éternelles ?...

« Dans le genre orchestral, Mozart a dépassé Haydn ; il suffit, pour s'en convaincre, d'entendre la symphonie *en sol mineur*, l'introduction-ouverture de *Don Juan* et l'ouverture de la *Flûte enchantée*, bijou d'une finesse exquise qui cache, sous des dehors charmants, la science la plus profonde et la mieux traitée.

« Dans le genre dramatique, énumérons les chefs-d'œuvre : *Cosi fan tutte* et la *Clémence de Titus*, où des mélodies d'une beauté incomparable font pâlir celles de Paisiello et de Sacchini ; *Idoménée*, où l'auteur se montre supérieur à Glück dans l'air d'Idamante, dans celui d'Idoménée et dans le chœur final du deuxième acte ; les *Noces de Figaro*, où la comédie mise en musique atteint son plus haut point de perfection ; la *Flûte enchantée*, qui ouvre la voie au drame fantastique ; *Don Juan*, qui importe le romantisme sur la scène. Ce dernier opéra fut la réalisation du rêve systématique de Mozart : l'*opéra symphonique*. Par le rôle que l'orchestre y joue, le rhythme agrandit son domaine, la mélodie respire d'un souffle plus puissant et l'harmonie profonde y obtient autant de place que dans la musique classique. Mozart est donc le créateur de l'art moderne par l'alliance savante de l'harmonie et de la mélodie, mélange raisonné de douceur et d'éclat qui forme la véritable synthèse musicale.

« Malheureusement les musiciens qui suivent la voie ouverte par cet immortel génie, renchérissant sur les innovations harmoniques dont il avait doté l'art, s'engagent peu à peu dans un dédale musico-algébrique où la mélodie, née du choc des consonnances et des dissonnances, va lentement se perdre et s'éteindre ; le rhythme et l'harmonie croient la couvrir de riches ornements et ne font que l'étouffer sous d'épais calculs.

« Certains compositeurs d'opéras exigent des voix une étendue démesurée, d'autres les sacrifient entièrement aux instruments, d'autres enfin emploient tant d'éléments divers que leurs œuvres ne sont possibles que sur des scènes spéciales. Dans Mozart, rien de toutes ces exagérations : son *Don Juan* est riche de mise en scène, mais sans profusion ; les rôles y sont admirablement dessinés, les traits des chanteurs, brillants sans être scabreux, et la voix est toujours à la place d'honneur. Il a su tenir un juste milieu dans l'emploi des mille sonorités de l'orchestre. Ce n'est pas avec le tapage qu'on fait de la musique, et c'est un faux principe que de rechercher l'effet par de trop grandes masses chorales et orchestrales. Notre oreille reconnaît des limites aux sons, et, toutes les fois que ces bornes sont dépassées, il y a souffrance pour notre organe et péril pour l'art. L'orchestration de Mozart est puissante sans effort, moëlleuse sans afféterie. Parfois on y désirerait un peu plus de volume de son, un emploi plus fréquent des cuivres ; c'est le désir de celui qui sort de table avec un reste d'appétit. Mozart donne juste de quoi se satisfaire, non de quoi se repaître. Ce génie, qui a écrit dans tous les genres, qui a traité toutes les parties de l'esthétique musicale, sera donc le modèle auquel il faudra toujours revenir pour réaliser le beau et le vrai. »

Je ne puis résister au désir de citer une dernière page sur un homme dont le nom et les œuvres sont encore une source constante de discussions et de luttes, et ont pris naguère une importance presque politique. Richard Wagner représente toute une évolution de l'art qui ne peut moins faire, quel que soit le parti qu'on prenne, d'exiger l'attention.

Il a écrit quelque part les lignes suivantes :

« La musique est femme, elle est amour et son unique rôle « est d'aimer, de s'abandonner sans réserve à celui qu'elle a « choisi. La femme n'acquiert le plein développement de son « être qu'au moment même où elle se donne ; comme la nym- « phe des eaux errante dans le silence des forêts, elle n'a d'âme

« que du jour où elle est aimée..... Elle doit se sacrifier, c'est « sa loi, sa destinée ; celle-là n'aime pas, dont l'amour ne va « pas jusqu'au sacrifice. »

« Et quel est donc l'époux, se demande l'auteur du mémoire que j'analyse, auquel la musique doit se sacrifier ? Le poème. Le librettiste est roi, et le compositeur musical son esclave. Pour convaincre les esprits de la justesse de son principe, Wagner se dit le continuateur des œuvres de Glück. Comme il lui est bien supérieur, croit-il, par le génie scénique, en faisant représenter *Alceste* sur le théâtre de Dresde, il a soin de supprimer çà et là des airs et des phrases qui ne lui paraissent pas conformes à l'ensemble de son système. On le voit, Wagner déclare la guerre à la mélodie, à cette cantilène qui charme l'oreille, parce qu'elle absorbe nos sens au détriment de l'attention que réclame la poésie ; parce qu'elle est, en un mot, anti-naturelle à l'expression de la pensée, d'après son principe esthétique qui est *le vrai*. Il n'admet que le récitatif, sorte de déclamation convenant bien, dit-il, au drame. Il fait néanmoins des concessions aux chœurs, cette expression des sentiments du peuple. Il aime également une mélodie, celle qu'il appelle « mélodie des forêts » et « qui doit d'abord produire « dans l'âme une disposition pareille à celle qu'une belle forêt « produit, au soleil couchant, sur le promeneur qui vient s'y « dérober au bruit de la ville ». Cette mélodie est celle des voix des gracieux chanteurs de ces forêts. Wagner les remplace au théâtre par l'ensemble symphonique qui devient une nécessité fondamentale pour son système. Repoussant la cantilène italienne qu'il déteste, et même la véritable mélodie allemande qu'il méprise, le réformateur est forcé, pour soutenir l'intérêt de ses opéras, de faire appel à toutes les combinaisons de rhythmes, à toutes les sonorités imaginables, à la prodigalité des accessoires et à un déploiement fantastique de décors et de mise en scène. Les néologismes musicaux les plus hasardés et du goût le plus douteux lui paraissent aussi indispensables que les plus douces consonnances, pour jeter *du charme* dans l'orchestration. Il semble, en un mot, dénier à l'art la nécessité de la tonalité, du rhythme périodique et de la résolution des dissonnances d'après les principes établis jusqu'ici. »

« Mais, dira-t-on, l'école de Wagner ne peut faire des prosélytes. Il soutient des principes contestables qui s'évanouiront avec lui, et, nouveau Samson, il sera enseveli sous les ruines de son édifice ! Au contraire, les disciples de ce réformateur, de ce *maudisseur* de mélodies, ne manquent point, et leur nombre s'accroît de jour en jour. Pourquoi ? Parce que, au milieu de son fatras musical, au milieu de ces harmonies risquées, de ce dédale rhythmique, il se trouve des pages vraiment heureuses, perles égarées au milieu du désordre général, qui brillent d'un éclat d'autant plus vif qu'elles sont entourées d'objets plus insignifiants; parce que, à côté de défauts sans nombre, il y a cependant certaines qualités précieuses qu'on ne peut nier ; parce que la voie qui est ouverte est nouvelle et que l'inconnu attire; parce que, enfin, Wagner, exagérant les vues de Beethoven, affecte de donner le rôle principal du drame à l'orchestre, et cela précisément à une époque où les chanteurs deviennent de plus en plus rares et les virtuoses plus nombreux. »

Vous le voyez, Messieurs, par ces citations, le mémoire que nous examinons est important, raisonné, bien écrit, fait avec soin. Ces qualités me mettent à l'aise pour formuler certaines réserves et pour signaler quelques lacunes.

Et d'abord, l'auteur ne parle que de trois nations principales dans l'histoire de la musique moderne. Il laisse de côté les Slaves, qui n'ont pas, il est vrai, d'histoire musicale, mais dont les rhythmes, les mélodies parfois anti-harmoniques, offrent une attraction très-puissante; il ne parle pas des Espagnols qui n'ont pas seulement apporté leur influence rhythmique et mélodique à l'ensemble de l'art, mais qui ont eu pour compositeurs des émules de l'immortel Palestrina, comme Vittoria. Il ne dit qu'un mot des Anglais, qui, à certains moments, ont eu eux aussi leurs grands maîtres, les Purcell, les Gibbon, et qui en ont encore.

Il ne parle que très-généralement de la musique religieuse (1). Il aurait dû être question, dans ce mémoire, du rhythme et des mélodies du plain-chant; l'auteur semble à tort le regarder comme un dialecte, — c'est le terme dont il se sert, — absorbé plus tard dans la langue régulière; de plus, l'auteur n'a pas été au courant de tous les travaux d'interprétation et d'accompagnement du plain-chant, sans quoi il se serait montré plus reconnaissant pour les efforts d'hommes aussi méritants que M. Lemmens. Quant à ce qui regarde la musique sacrée proprement dite, il résume tout dans l'appréciation des trois *Stabat* qui ont chacun, à leur siècle, conquis la célébrité : le *Stabat* austère de Palestrina, le *Stabat* gracieux et tendre de Pergolèse et le *Stabat*-opéra de Rossini; il juge chaque époque par ces spécimens, mais ce n'est après tout que l'étude d'une seule nation musicale.

Je relèverai encore dans ce mémoire certaines appréciations sévères à l'égard de quelques maîtres : à l'égard de Beethoven, qu'il représente nettement comme le chef de l'école anti-mélodique; envers Mendelssohn, qu'il suppose trop exclusivement germanique et opposé à ce qui n'est pas de son pays, trop nébuleux et trop confus; envers notre célèbre Gounod, dont il prétend que l'essor naturel a été arrêté par les tendances d'outre-Rhin, tandis que, par le fait, ce maître est de tous les nôtres

(1) Je ne puis passer sous silence une affirmation de l'auteur qui me paraît très-risquée. D'après lui, Goudimel, maître de Palestrina, aurait été quelque temps maître de chapelle à la cathédrale de Lyon. L'histoire dit bien que l'illustre compositeur de la musique des psaumes de Marot a séjourné à Lyon, mais il est hors de doute que Goudimel, qui avait embrassé à cette époque le calvinisme, n'a pu être attaché à la Primatiale de Lyon, surtout au moment des guerres de religion.

celui qui a réagi et réagit encore le plus contre l'influence wagnérienne en France.

Mais, en résumé, malgré les imperfections que je viens de vous signaler, ce travail, en tant que précis historique et critique de la musique depuis le Moyen-Age jusqu'à nos jours, est fait avec amour, conviction et talent ; il est rempli de documents longuement cherchés, patiemment acquis ; il est l'œuvre d'un musicien érudit et qui estime son art ; il est instructif et la lecture en offre un grand intérêt. Pour toutes ces qualités réunies, votre Commission a jugé que l'œuvre mérite la récompense académique.

En conséquence, Messieurs, la Commission vous propose :

1° De décerner à l'auteur du mémoire qui porte pour épigraphe ces mots : « *L'essence du beau est l'unité dans la variété* », la médaille d'or de 900 fr. donnée par la fondation Christin et de Ruolz.

2° D'accorder au second mémoire, qui a pour épigraphe : « *La musique doit prendre rang à la tête des beaux-arts, car elle est celui de tous qui fait le plus pour le bonheur de l'humanité* », une médaille de bronze avec mention honorable.

Les conclusions qui précèdent ayant été adoptées par l'Académie dans la séance du 15 juin dernier, M. le Président a, séance tenante, brisé l'enveloppe cachetée qui portait la même épigraphe que le mémoire couronné, et il en a retiré une carte sur laquelle il a lu à haute voix le nom de l'auteur :

M. Léon Reuchsel, organiste et maître de chapelle à Saint-Bonaventure (Lyon).

Dans la séance suivante, M. le Secrétaire général a annoncé à l'Académie que l'auteur du mémoire auquel est attribuée une mention honorable s'était fait connaître.

Cette mention est acquise à :

M. Émile Tardieu, étudiant en médecine (Lyon).

Lyon, le 13 juillet 1880.

Extrait des Mémoires de l'Académie des Sciences, Belles-Lettres et Arts de Lyon,
(volume dix-neuvième de la classe des Lettres).

Lyon, Assoc. typ. — C. Riotor, rue de la Barre, 12.

www.ingramcontent.com/pod-product-compliance
Lightning Source LLC
LaVergne TN
LVHW052042160826
845678LV00003B/1494